죽전 詩문학

이 도서의 국립중앙도서관 출판예정도서목록(CIP)은 서지정보유통지원시스템 홈페이지(http://seoji.nl.go.kr)와 국가자료종합목록 구축시스템(http://kolis-net.nl.go.kr)에서 이용하실 수 있습니다.
(CIP제어번호 : CIP2020001741)

죽전 詩 문학

2020 제7집 · 죽전시문학회

한누리미디어

동인지 제 7집을 발간하며

2013년 제 1집 《참대밭 시마당》을 시작으로 매년 1년 동안 갈고 닦은 실력을 선보이는 동인지를 발간한 것이 엊그제 같은데 벌써 올해로 제 7집을 발간하게 되었습니다.

매주 한 번씩 만나 정성들여 써온 시를 수줍게 내미는 모습은 예나 지금이나 변함없지만 시를 합평하는 시간에 자신의 시적 표현에 대해 당당하게 설명하는 모습을 보면 참 많이도 변했구나 하는 생각이 듭니다.

올 한 해도 되돌아보니 뜻깊은 일이 참 많았네요. 봄에는 이어령문학관과 윤동주문학관을 견학하며 견문을 넓혔고, 가을에는 농촌 테마파크의 원두막에서 가을을 노래한 시낭송을 하며 자연 속에서 하루를 보내기도 했지요.

또한, 지난 4월에는 세계 책의 날 기념행사를 위해 수지구청 북카페에서 용인시 도서관 사용소 주관하에 '시드는 봄, 설레 봄' 이라는 제하에 시낭송을, 9월에는 죽전 도서관 리모델링 공사 기념으로 많은 분들을 모시고 우리 죽전시문학 회원님들의 시낭송 잔치를 갖고 나름의 낭송 솜씨를 뽐내기도 하였구요.

이와 같이 시창작과 시낭송으로 우리 죽전시문학회의 활동은 해를 거듭할수록 활발해지고 성숙해 가고 있음을 느낄 수 있어 참으로 행복한 마음입니다.

제 7집 동인지《죽전시문학》발간을 다 함께 기뻐하며 그동안 지도해 주신 김태호 선생님과 회원 여러분께 감사를 드립니다. 대단히 고맙습니다.

2020년 정초에

죽전시문학회 회장 **최 영 희**

맨발의 꿈

신발 벗고 바닥을 쓸며
이사도라 던컨의 나래짓으로
푸르게 날아오르리라

가슴을 열고 고개를 젖혀
힘차게 돌아치는 춤사위
눈부시게 빛을 뿌리리라

두 팔 벌려 빙그르르
무대를 휘어잡는 몸놀림
현란한 율동을 보이리라

김 태 호

바윗등 타고 오르던 언덕길
아득한 고향마루 시냇가
송사리도 떼지어 노니는데

저 멀리 쌍무지개 바라보며
부채살 펼치던 소년의 꿈
오늘도 나아가리 맨발인 채로.

| 차례 |

손선희

손정숙

| 차례 |

오정림

오희석

이경숙

이선혜

| 차례 |

장엄정

장연수

정성완

한지혜

김 정 희

죽전시문학회 회원

유리 찻잔

부끄러운 줄도 모르고
속살마저 내보이는
아리따운 몸매

흑진주 같은 미라의 비밀 담아
으스대 봄직도 하련만

티끌 하나 맘대로 품지 못하고
실낱같은 생채기도 감추지 못해
허공을 날아가는 풍경소리

선승禪僧의 마음인가
민낯의 고백인가

봉숭아꽃 지던 날

뜰아래 떨어진 봉숭아꽃
하늘 보며 참았던 눈물
뒤돌아서 몰래 우는 마음

깊게 난 상처보다
뜨거운 눈물
더 아프다는 걸
당신은 아시나요

해바라기

앉아서 기다려도 오련만
서서 기다리고 있었구나

날이 차면 기우는 무정한 보름달
오늘도 눈 시리도록
애타는 마음

새벽바람 불어올 때 따라오신 님
왼종일 눈길조차 비켜서지 못하고
낯 붉히다 고개만 떨구네

길손처럼 오고가는 발자국인데
오롯이 내 님인 양
해 바라기하고 있네

오래된 구두

봄, 여름, 가을, 겨울
철 따라 갈아입던 옷도 여남은 번

실타래 얽힌 세월
선반 위에 올려놓고

명동의 왁자지껄한 수다
정동 뒷골목 음악다방의 추억
또각거리는 발자욱 소리
아스팔트 위에 수놓았지

젊음도 찰나였나
길게 누운 볏단처럼 지난날들 어슴푸레 하다

말쑥한 미니스커트에
꽃단장하고 새 구두 신고 찾아온 친구

'허걱~' 기가 죽네

엄마의 가슴

물안개 여는 강가에서
그림자 하나 줍는다
시간의 끈을 잡아당겨 그 속으로 들어간다

찬 손으로 더듬어도 언제나 내어주던 늘어진 가슴
코끝에 스미는 포근한 냄새
사르르 눈꺼풀이 감긴다

연잎 같은 스무 살 막내 딸
꿈나라 배 띄웠지

한 생명 가슴 풀어 키워 낸
푸르디 푸른 세월

언제나 말랑한 복숭아로
갓 삶은 고구마 같은 내음으로

나뭇가지 눈꽃 피운 막내 딸
아릿한 엄마를 두 손에 담아본다

엄마 냄새가 손 안에 가득하다

산이 기울던 날

가없는 시간
켜켜이 내려앉은 거북등 같은 세월
헝클어진 덩쿨 가슴에 품고
푸르고자 애타던 오래 묵은 기왓장

끓어오르는 용광로 속
토해내는 서러움
돌아앉은 모가지에
잘려 나간 상처가 크다

침묵이 흐르고
아픔을 참아낸 시간
이제는 보듬어 녹여야 할 것인데
햇빛이여 바람이여 산그늘이여

외로움에도

푸르스름한 달빛 등에 업고
문틈 사이로 들어와
똬리를 틀고 자리를 잡는다

고요한 시간이면 살며시 고개 들어
방향 찾기 나서는 어설픈 몸짓

마른 수숫대의 속절없는 시간엔
억새도 하얀 손수건 내던지며
등 돌리고 흐느낀다

하늘이 내려앉아 가까운 산도
먼 타향 같은 오늘

젖은 불빛 사이
반항아의 눈빛으로 길모퉁이 서성인다

날개 찢긴 외로움에도
발자국 오며 가며 어깨를 매만진다

쪽파 연가

광화문이 아름답다 유혹하네요
서초동이 맛나다고 맛보러 오라 하네요

거센 먹구름이 하늘을 덮으니
한 조각 살가운 빛의 속삭임이 그립습니다

거인족 같은 두 대파 숲 사이로 바라다보니
저마다 아픈 상처들

이쪽저쪽 다 다니며 가슴으로 보듬어
작은 퀘렌시아*를 줄 수 있다면

뒤 텃밭에서 어머니의 그을린 시간을 먹고 자란
볼품없는 쪽파가 그리울 때

파 냄새가 맵다고
일곱 살 손자가 달아나지 않을까
걱정하는 할머니

그래도 쪽파 냄새가 대파보다야 낫지

          *퀘렌시아 : 안식처(스페인어)
                인간 내면에 있는 성소에 비유됨

비 오는 날 행복을 줍는다

비 오는 날엔
나는 숲으로 간다

물기 빨아올린 굴참나무
촉촉한 눈빛으로 나를 유혹하고
키 작은 맹감나무 가시손
한사코 옷자락 붙잡고
쉬었다 가란다

후드득 후드득
잎새 두드리는 빗방울 소리
왈츠인 듯, 탱고인 듯

비 오는 날 나는
숲속에서 행복을 줍는다

박춘추

국립철도고등학교 졸업
한국현대시문학 신인상 등단
죽전시문학회 회원
한국문인협회 회원

겨울 우산

하얀 눈이 내린다
송이송이 날리는 하늘에 그리움을
때론 빨강 노랑 파랑 우산이
백설의 세상에 무지개 꽃을 피우지

어느 방향 잃어버린 날
바람 불고 후드득 겨울비가 부슬부슬
여린 가슴을 흩뜨리면
허탈한 마음에 까만 우산을 쓰지

펴고 접었다, 접었다 펴고
아련한 꿈 날리고, 서러운 정 감추고
너라도 없으면 온몸 적시련만
하늘에 그리움 내뱉고
추억의 눈시울 아롱아롱

언제쯤, 내 마음의 우산을 쓰고
어제보다 더 그립고

어제보다 조금 덜 아플 수 있을까
가지런히 두 손 모아 움켜쥔 겨울 우산
남은 겨울 어찌 보내야 하나

숨어 피는 봄꽃

- 명자꽃 사랑

봄꽃은 속도위반이다
질서를 파괴하는 범법자다
잎도 없이 바람나
집나간 망둥이마냥 홀로 자태를 자랑한다

아기 젖 물린 입 노란 개나리
청춘들의 발버둥 화사한 벚꽃
농후하게 익어가는 목련꽃
가냘프게 발그스레한 진달래꽃

나중에야 어떻든 아랑곳 아니 하고
서둘러 붉어져 튀어나오는 순발력
순간을 불태우는 정념, 아무 생각 없이 피우고 보는 거야
한 순간에 떨어져 뒹구는 꽃잎은 너덜너덜 처량하고
뒤늦게 미안해서 푸른 잎이 변명하지,
언제 그런 일이 있었느냐고
흔적이 없거나 열매도 하찮으면서……

키는 작아도 양지 바른 곳에 웅크리고 모여

초록 잎과 가시 사이에 빨갛게 자랑하지 아니하고

숨어 피는 꽃

에돌아 나오며 살며시 웃음 짓는 명자꽃

너무 붉어 애처롭기도 하지

가만히 보면 볼수록 잎과 가지 속에

많은 꽃이 다소곳이 움츠리고 있어

햇살과 비바람이 다녀간 후

사내아이의 불알만한 열매는 은근히 탐스럽기까지도

나는 숨어 피는 봄꽃, 수줍은 명자꽃을 사랑한다

*명자나무: 장미과의 낙엽 관목, 중국 원산지 관상용 식물로 높이
2m 가량. 가지 끝이 가시로 변한 것도 있음. 봄에 빨강, 하양 등의
꽃이 피고, 길둥근 열매는 여름에 누렇게 익는데, 먹을 수 있고 약
용으로도 씀.

선술집에 가는 이유

가냘픈 봄꽃이 진다고 성급하게 서러워 마라
한 번 져버린 꽃은 결코 다시 오지 않으니
우린 헤어지는 것에 익숙해져 있잖아
마치 처음인 것처럼 내숭떨지 말자

산천을 울창하게 물들이고
찬란한 여름꽃이 연이어 핀 후에는
또 얼마나 속 태우고 갈런지, 그러나
아무 느낌 없이 가을꽃에게 물려주고 미련 없이 떠날 거야
하늘하늘 코스모스 된서리 맞아 축 처지고
하얀 국화꽃이 영정 주위에 맴돌면
가버린 사람 그리워 눈가에 눈물짓고
북녘 하늘의 기러기 달밤에 수놓겠지
찬 싸락눈 온 세상 덮으면 모두가 이별이지

사랑이 싹트는 것은 못 느끼지만
이별은 서럽고 가슴 아픈 일이지
이렇듯 오는 즐거움 잊어버리고
오로지 떠나는 이별만 아련해지는 것은 무엇인지
뚝배기 한 잔의 술이 그리워 선술집으로 향한다

피부와 속살

너
나 보살필 거지
누가 누구를
나 없으면 넌 허당이야
참~ 누가 할 말이야
걍~ 사랑하자, 다투지 말고

어항 속의 열대어

알록달록 예쁜 물고기가 꼬리를 흔들흔들
작은 티끌 같은 새끼도 덩달아 따라가고
잠시도 쉴 틈 없이 뭐가 그리 바쁜지
어릿광대처럼 날렵하게 묘기를 부리네
시간 가는 줄 모르고 물끄러미 바라본다

우리가 보듯이 그들도 우리를 본다
커다란 물체는 볼 수 없지만
까만 눈동자를 굴리고 웃어가며
가끔 손가락질하고 먹이 주는 모습을

서로 웃는다, 재미있고 신기하다고
평범한 우리의 일상이고 그들의 움직임인데
서로를 위해 귀여운 행동을 하는 것 같은
착각 속에 빠진다

지구 속의 동물원
울타리 속의 동물원, 어항 속의 너

반려동물과 애완이라는 이름의 모든 것
자기의 특성대로 행동하는데
나와 다르다는 호기심에 마음을 빼앗기는 것은 아닌지

서로가 서로를 가두고 즐거워하는 거야
어항 속의 열대어처럼

사랑, 그 눈맞춤

성공한 사랑이 결혼이라면
가장 멋진 사랑은
이룰 수 없는 사랑 아닐까

안 보면 그리워
애타는 마음 허공에 날려 보내고
홀로 발 동동거리며
가슴 마르는 그리움

볼 수 있는 공간에서의 몸부림
보고도 다가가지 못하고
어쩌다 고개 돌릴 때
마주치는 불타는 눈맞춤

나는 알지, 너도 알 거야

잡을 수 있으나 다가가지 못하는
이룰 수 없는 사랑
아프고 뛰는 심장
그냥 그대로 사랑이어라!

그 남자 시를 쓰고
그 여자 낭송하다

내가 좋아 시를 쓰고, 나 또한
내가 좋아 그 시를 낭송한다
전혀 알려지지 아니 한
만나거나 눈맞춤마저도 없었던
무명의 시인과 낭송가

서로 궁금함도 없고
더 이상 알 필요가 없으며
오로지 시만을 사랑하고
시 속의 주인공이고 싶었기에
낚고, 낚이는 두 사람

그 시가 나의 과거이고 생활이며
그 목소리가 옛 여인의 음성이기에
현실을 초월하여 애를 태우지
그래서 시를 쓰고 낭송하는 거야
깊어가는 이 가을에……

그 쓸쓸한 만남

산다는 것은 만남의 연속이지
내가 남편이고 당신이 부인이지
너희들이 아들과 딸이고, 그리고
가끔 또는 자주 만나는 사람들

깨복쟁이 친구, 초 · 중 · 고 · 대학동창
직장동료, 사회에서 만난 사람
그리고 이런저런 이해관계 사람들
친구라는 단어가 붙는 건 딱 하나……

우리는 으스대며 살아가지
주변에 많은 지인이 있는 듯
그러나, 자기 속을 드러낼 수 있는 사람은
식구를 제외하고는, 손가락 하나 둘뿐
경조사 때 어쩔 수 없이 부조나 몇 푼하고
무지 반가운 듯 몇 마디 말 나누고
기약 없이 돌아서지
언젠가 식사나 한 번 하자는 뻔한 이야기를 남기면서

길가에 코스모스 흔들리고
퇴색되어 하나 둘 바람에 휘날리는
낙엽을 밟으며 의미 없는 만남을 뒤로하고
늘 가야 하는 곳으로 발길 돌린다

그 쓸쓸한 만남을 위하여 또 내일을 살아야지

사랑과 이별

사랑을 생각하고 만난 건 아니었지만
우린 사랑을 했고
이별을 기약하고 만난 건 아니었지만
우린 이별을 했다

시작하기 전의 일이었고
끝난 후에야 알았다

그래서, 사랑과 이별은
해볼 만한 일이 아닌가

손 선 희

충북 영동 출생
2010년 교육공무원 명예퇴임
죽전시문학회 회원

간밤에

그렇게도 기다리던 그가
가을빛 슈트를 입고 찾아왔다
살금살금 문턱을 넘어
하나 가득 선물을 안고 살며시 왔다
오랜만의 해후
속살을 부비며 뒹굴다 잠들었지만
새벽녘이었을까
남의 눈에 띌세라 창문 넘어 훌쩍 가버렸다
소리도 없이

오늘이 처서라 했다

목련

가지마다 봉긋봉긋 그리움 매달고
기다림의 목마름으로
하늘 향해 부르는 연가

베르테르여
나의 베르테르여

이내 지쳐
눈물 쏟을 것만 같아

고고해서 더 처연한
가슴 아픈

4월의 목련이여!

기도

한치 앞도 못 보기는 마찬가지

넘어져 손목 부러진 나
인도로 기어나온 너

깁스한 팔로
달팽이를 안전한
수풀 속으로 넣어준다

필경
새벽마다 기도하는 네 어미가
있었음이라

별

저녁 산책길
아파트 저 너머에 별 하나 유난히 반짝입니다

앗!
어머니 별이다
하늘로 가신 어머니 별이다

눈이 마주친 순간
아롱지는 별빛

어머니는 벌써부터 저를 보고 계셨습니다

'울지 마라 머리 아플라~'

동그라미

가시 돋친 말 펀치를 날리고
무거운 마음으로
나와 앉은 벤치

추적추적 내리는 우울한 비
눈길 닿는 곳마다
연신 그려대는 동그라미

시작도 끝도 없는 너와 나의 그라운드
동그라미의 시작은 어디이고 끝은 어디인가

내가 먹인 말 펀치에 그도 아프겠지
글러브 벗고 무장해제
집으로 가자

그가 좋아하는 둥근 사과 한 봉지 사 들고서

가을

툭~

어깨를 건드리며

뱅글뱅글 떨어지는 은행잎 하나

친구하자는 거니?

또래인 줄 어찌 알고~~

또 다른 세상

얼룩말 무리들
살금살금 물가에 나와 타는 목을 축이는데
고요한 풍경의 적막을 찢는 천적의 출현
사자 한 마리

사력을 다해 일제히 달아나는데
천적의 목표는 오직 하나
눈 화살을 맞은 놈이다

쫓는 자와 쫓기는 자
잡아야 하고 살아야 하는 팽팽한 본능만이 질주한다

잠시 시계의 초침이 멎은 듯
쫓기는 자의 목줄을 물고서야
천천히 도는 앵글

먼 듯 가까운 듯
또 다른 세상의 이야기

소낙비

사정없이 내리치는 매질
탁탁 튀는 맷집에
꺾이고 뒤집히는 군상들의 아우성

한바탕 화풀이를 쏟아놓고
흙탕물 냄새를 풍기며 물러간 아침
헤진 구멍마다 눈물바다네

어젯밤 벌어진 소란을 아는지 모르는지
천연스럽게 아침 해는 하루를 여는데

무엇을 그리 잘못했는지
푹 고개 숙인 대나무
일어설 줄 모르네

바람이 뿔났다

온 세상이 백내장에 걸렸다

가벼움에 편승한 바람이
검은 풍선을 터뜨렸다

목이 따갑고
눈이 따갑고
초목은 진폐증으로 고단한 숨을 내쉬고 있다

별이 쏟아질 듯 반짝이던 밤하늘
견우직녀 사랑이야기
큰곰자리 작은곰자리 찾던

밤하늘의 청량함은 아직도 기억 속에 있는데

이젠
지난날의 흔적은 없다

살수차를 동원하고
인공강우를 내리고
저감조치를 강행하지만……

단단히 뿌리 난 바람
어떻게 해야 분이 풀릴까나

詩作노트

벽이 높기만 한데
한 줄기 빛은 보이지 않고
미궁 속을 헤매는 개미의 산만한 촉수

문은 있겠지
숨겨진 문은 있겠지

간절한 마음 기도에 담아
동트는 아침 햇살이 보고 싶어
새날을 맞고 싶은 것이다
쿵쾅 쿵쾅 울리는
심장의 고동소리를 듣고 싶은 것이다

어디쯤 열차는 레일을 달리고 있는지?

신두리 앞바다

어서 오라 서둘러 올 그대 아니고
더디 가라 늑장피울 그대 아닌 걸

파도에 쓸려 애달픈 사랑 나누다가
돌아가는 그대 뒷모습에
울컥 모래구슬 토해내며

허물어진 성 다시 쌓는
작은 게의 모랫빛 숙명이여

텃밭의 두통

쑥갓꽃이
노랗게 그리움으로 내려앉은 칠월의 오후

쑥쑥 자라
씨앗 여무는 상추대공 옆으로

진딧물에 시달리는 고춧대
시름시름 두통을 앓고
노란 호박잎은 불임을 선포했다

엿물처럼 끈끈하게 녹아
진물 흘리는 잎을 닦으며
얼마나 힘드냐고
말을 안 한다고 속 모르는 거 아니거든

끈질긴 두통
무거운 한숨을 토해낸다

손 정 숙

『국제문예』 등단
가천대 시창작반 수료
대전 효문화진흥원, 초우문학회 공동백일장 대상
국제문인협회 회원
죽전시문학회 회원

되찾은 이름

누구의 아내
누구의 엄마란 꼬리표
그 안에 내 이름은 없다

가슴에 묻은 지 오래
머리카락 한 올도 보이지 않고
나락으로 떨어져 감감하더니

젊은 시절 애끓던 꿈 되살아나
한 줄기 빛 좇아
다가간 시의 세계
별이 되어 반짝인다

창밖으로 불려나온 이름
글 동산에 발을 딛는 짜릿함
세모 네모라도 다듬어
꽃을 피우리라

낙엽이 쓰는 가을편지

날개 접은 태양
바지랑대 걸터앉아
소슬바람과 속삭일 때
종종걸음으로 다가온 낙엽
애잔함을 쏟아낸다

목마른 사랑
선뜻 찾아온 황홀함
떠나보내야 하는 서글픔
해묵은 장맛 되어 편지를 쓴다

어미의 손을 놓지 않으려는 몸부림
수만 장의 그리움을 낳고
서러운 걸음을 재촉한다

화려했던 지난날
얼룩진 상처 입에 물고
날으며 뒤돌아보다 쓰러진다
저 너머 부활이 손짓한다

금슬이란 깨소금

찌그락 짜그락
두드리며 걸어온 40년

바퀴에 기름칠하며
달려온 철길

사각사각
머리에 앉은 눈송이

발치에 있는
곰삭은 말동무

간간이 볶는 깨, 그 내음
집안 가득 배어있네

21세기 밥상

눈뜨며 들락날락
지지고 볶고 끓여서 나오는
맛깔스러운 오색 반찬
실개천의 군침이 돌던 옛 시절

5G시대 아침밥상
고구마 한두 개
과일 몇 쪽
견과류 한 줌
우유 한 잔
빠르륵 돌아가야 할 레인지도
하품을 하며 졸고 있다

바빠서, 편해서
멀어져 가는 양반 밥상
뭐든 든든하게 채우기나 하렴
시절은 바야흐로
21세기잖아

손뼉치기

두 손 부딪히는 소리
딱 딱 딱
너와 나 사이에 흐르며
솟아나는 따스함

혼자서는 아무런
대꾸가 없다

가까이 다가갈수록
당겨지는 S, N극

마주쳐야 눈빛도 밝아지고
생기가 돈다

혼자서 놀다가는 그저
찬바람만 쌩쌩

구름은

푸른 무대 한가운데
홀로이 펼치는 무언극
바람 타고 앉아
지구촌 보란 듯이
춤사위를 뽐낸다

넌
땡전 한 푼 없어도
날마다 한량이군
부럽긴 하다마는

천상과 지상을 오가는 할미

20개월 쌍둥이 손주 육아
불타는 여름보다
긴 긴 겨울밤보다
째깍거리는 시계 소리가 더디다

한숨 돌릴 틈 없이
이리저리 동당거려
폭풍 속 헤맬 때
"할매이, 하부지" 부르며
한아름 안겨오는 웃음꽃들

뒤질세라 서로 앞지르다
엎치락뒤치락 엉겨붙다가도
"미안해" 악수하고
껴안는 쌍둥이

지율아, 소율아
머리엔 솔로몬의 지혜를

가슴엔 하느님의 사랑 담고
이제 닻 올린 바닷길
거침없이 나아가거라
오대양 육대주를 향해

나이

뺄셈은 까막눈
덧셈은 하나씩만
그러다 한순간 다 빼버린다

영의로의 귀환

오 정 림

조경과 졸업
국립산림과학원 근무

섬나라 신안

철썩 철썩 물결 두른 섬
육지와 다른 언어 풍속들
그들만이 소통하는 고립된 땅
육지로 갈 수 있기를 고대하며 살았었지

지인이 떠나가고
혈연도 도시로 가고
춘자도 맹구도 하나 둘 봇짐 쌌네
먹이 찾아 떠난 새들
낯선 땅에 뿌리내려 대목들 키웠구나

세월은 파도 타고 섬에도 흘러들어
뱃길이 찻길 되고 해상공원도 되어
해질녘 작업한 푸성귀
도시의 아침 밥상에 놓이는구나

먼 훗날 다도해 섬나라
언어도 풍습도 사라짐이 아쉬워

내 어릴 적 풍속 부여잡고
희미한 추억 되새김하며
한 줄 글에 꿰어 보려네

더위 팔기

한여름 폭염을 겪지 않고
봄처럼 지나갈 수 있다면
그런 방법만 있다면 앞 다퉈
모두 그 비방을 하려 하겠지

보름날 아침 명자가 정림아 부른다
"응" 대답한 순간 "내 더위" 하고 까르르
도망간다 난 화가 났다
올여름 명자 더위까지 치러야 하니까
이걸 누구에게 팔아야지 벼르면서

동네 꼭대기 큰집으로 달리기 한다
숨이 넘어가듯 "큰아버지 큰아버지"
깜짝 놀라시며 "왜 왜 무슨 일이냐"
안방에서 뛰어나오신다
"내 더위" 하고 팔아버려 신바람 났었지

학교 가는 길에서도 내 더위 팔고

좋아서 깔깔거리다 깜박 잊고
언니가 불러 대답해 버리면 또 뺏기고
선생님에게도 팔고 옆반 애한테 당하고

해가 중천에 떠오르면 소용없는데도
하루 종일 '내 더위 니 더위'로
대답하지 않으려 입술 꼭 물고
긴 하루가 빨리 가길 기다렸었지

강강수월래

- 비금도 문화제

한가위 보름달 떠오르면
처녀 총각 하늘 닮은
커다란 달 그린다

귀썰미에 자리잡은
해학, 풍자
한 맺힌 속내들
소리 줄에 엮어낸다

강 강 수월래
긴 가락 끌어낸다
강 강 수월래
한 묶음 소리 달빛 타고 퍼진다
달~도 밝네 달~도 밝아
가앙강 수우월래
밝~고 밝~은 저 달 속에
우리 님이 계신다네

흰 빨래는 희게 하고
강강수월래
검은 빨래 검게 하여
싸리문에 들어서니
시어머니 하신 말씀
아가아가 요요아가
진주낭군 오셨단다
뒷마당에 달려가니

댓돌위에 신발 네 짝
서울색시 데려왔네
방안에서 웃음소리
뒤뜰에는 울음소리
강강수월래 강강수월래
처녀총각 손 꼭 잡고
남녀 칠세 부동석
수월래로 풀어낸나

사내기 밥주자

애야 산에 가 솔가지 꺾어
이 망에 가득 넣어 오너라
애꿎은 망태기만 화난 발로 찬다
너무나 먼 곳이기에

정월 대보름
동녘 붉어 오기 전
실눈에 설깬 잠 얹고
송진 두른 생솔 불붙여
하나씩 지붕에 던진다

"사내기 밥 주자 사내기 밥 주자"
음률에 불춤 추는 솔가지
공중에 몇 바퀴 돌고
사뿐사뿐 지붕에 앉는다

온 동네 새벽 합창
베이스 아빠, 알토 엄마

테너 오빠, 소프라노 언니
불그스레 떠오르던 해도 즐긴다

'이렇게 밥 주었으니
방, 마루 먹거리
이불, 옷 속에도 얼씬 못하겠지'
올해는 내 책보 속에도 없겠지

*살충제가 없던 때 비방으로 정월 대보름 어두운 새벽에 솔가지에
 불붙여 지붕에 던지면서 사내기 밥 주자를 외쳤다.
*사내기 : 지네와 비슷하지만 작은 노내기

보름 밥

이번 정월 대보름은 슈퍼문이라네
가슴에도 추억의 달이 떠오른다
이상야릇한 비방과 놀이가 많아
손꼽아 기다리는 명절이었지

어른처럼 꾸미려 엄마 옷 가져와
마음에 든 옷은 서로 뺏고
뒹굴고 도망치고 깔깔깔
큰 옷으로 얼굴 머리 가리고

소쿠리와 쪽박 손에 들고
기웃기웃 '밥 좀 줎쇼' 외치면
반가이 한 그릇 주는 집 앞 팀이 걷어간 집은
빈 소리만 담아 왔었지

담장과 벼늘, 나람 위에도 밥 나물 놓였다
형편이 어려워 조금 놓은 집
생선까지 놓은 집도 있었다

그런 집 담장 밑에서 미리 기다리다
윗 그룹 언니 오빠 패거리 소리에

허겁지겁 숨었다 빼앗기고 투덜투덜
'쪼끔 한 것들' 꿀밤 맞아도 까르륵 킥킥거리며
볼 터지듯 먹던 배곯던 시절의 보름 밥

오곡으로 밥을 짓고 동무들 불러봐도
그때의 그 맛 그 동무 어디 가고
허연 머리 위로 그리움만 앉는다

*쪽박 : 박으로 만든 바가지
*벼늘 : 나무나 볏단 쌓아둔 곳
*줬쇼 : 주서요의 사투리

굼벵이와 똑버러지

정월 대보름 달 오르면
어머니는 아이들 모두 불러
볏단 두 개씩 들려주며
뙈기 삼밭으로 앞서신다

볏짚에 불 붙여
똑버러지 짖자 굼벵이 짖자
굼벵이 잡자 똑버러지 잡자
이곳저곳에 불꽃 피웠지

어머니는 벌레들에게 빼앗긴
지난 기억에 목소리는 매섭고
바쁜 발길은 큰 밭 작은 밭 돌아
뜨거운 불꽃에 버러지들 다 태우신 듯

휴− 우 허리 펴시며
올해는 이것들 덜 나오겠지
아이들 옷에 검불 터시며 환한 웃음
어머니는 벌써 가을 풍요가 일렁인다

　　　*살충제가 없던 옛날 비방이었다.
　　　똑버러지 : 새싹이나 잎을 똑똑 끊어내는 벌레

섬마을의 가을

코발트 빛 바닷가 작은 집
툇마루 옹기종기 잘 익은 호박
가을 이야기 정겹고

빨간 고추 멍석 위에 도란도란
세 다리로 서 있는 들깻단
돌담장 틈새 숨어드는 바람에
겨드랑이 내어주며 살랑인다

고샅길 돌아 다랭이밭
바람 그네 타는 홍시
달콤한 향기 내놓으며
가을을 익힌다

무 배추 김장 밭엔
긴 목 빼고 벌레 잡아
암탉 부르는 수탉 구구구

섬마을의 가을은
바다 속인 듯, 용궁인 듯
가을볕으로 물든 수채화
파란 물결 위에 출렁인다

어머니와 장독대

'애야 장독 뚜껑 열어라'
깨질세라 무거운 항아리 뚜껑
들어올리는 순간
이상한 냄새 아 싫은 냄새

엄마는 해가 나면 열어라
비가 오면 들녘에서도 달려오서
장독대 닫아라
큰소리 온 동네 퍼진다

나는 그 간장 넣은 음식은 먹지 않았다
내가 좋아하는 간장은 일명 왜간장
그렇게 짜지도 않고 달달하여
달걀 참기름 넣고 밥 비비면 참 맛있었지

그러나 나이 든 지금 그렇게 이상했던
그 옛날 엄마로 변해 있다
'간장 좀 줄까' 친구 말에

보물 얻은 기분

친구가 준 간장 속에서
어머니가 웃고 계신다
올해는 장독대에
어머니를 모셔와야지

대보름 달 속 어머니

내 어릴 적 온몸이
오싹하게 무서웠던 뱀
제비 새끼 잡아먹던 그 날 후
매일 밤 꿈속에서 내가 먹혔다

아궁이 불 지피려면
검불 속에도 있었고
돌담길 틈새에서도
날 노리며 기다리고 있었다

벗어둔 신발과 장롱 속
칙간에도 있는 듯하고
기다란 줄에도 놀라는 등
온통 두려움이 살았다

오곡밥 나무새 담장 위에 놓던 날
기다란 막대에 새끼줄 묶고
헌옷 조각들 끼워

어머니는 날 부르셨다

엄마가 진대 끌자 앞서가면
큰소리로 뱀 쫓자 하며 새끼줄을
세차게 쳐라 그럼 도망간다며
마른 피마자 나무를 주셨다

어머니는 내가 가리키는
뱀이 있던 곳 몇 바퀴를 돌고돌고
나는 등이 젖도록 따라다니며
때리고 쫓으니 두려움은 길 떠났다

이젠 정월 대보름이면
달 속에서 어머니가
환하게 웃고 계신다

*칙간 : 호남지역에서의 사투리 화장실

오 희 석

죽전시문학회 회원

나의 별
탄천에서
개미
코스모스

나의 별

별은 알고 있겠지
나의 모든 것을

찬란하게 반짝이는 별을 보고 감탄하던
어린 꼬마가

교과서와 그리스 신화에 등장하는 별자리를 찾기 위해
밤하늘을 관찰하던 것을

학업, 직장, 가정에 충실하려고 노력하며
서러워 눈물 흘릴 때 별을 바라보면
가슴이 따뜻해져
행복해 하는 나를 발견하곤 했었다

나는 요즘
달 밝은 밤길을 멈추어 서서
별을 세는 버릇이 생겼다
오늘은 몇 개의 별을 볼 수 있을까

간절한 바람으로
열심히 찾는다

옛날의 그 찬란하게 빛나던 별이
가슴 가득 안기기를 고대하며

탄천에서

물이 불어난 탄천에
헤엄치고 있는 오리 두 마리
형제인 듯 다정해 보인다

앞서가는 형 오리 뒤따르는 동생 오리

한참 가다 동생이 형 옆으로 다가간다
그만 돌아가자고 하나 보다
그러나 계속 간다

잠시 후 다시 귀띔하는 동생
결국 형제는 되돌아온다

다정한 형제
형은 이끌고 동생은 뒤따르고……

그들 가족의 다정한 모습에서
평화로운 세상을 느껴본다

오리들이 지나간 자리

오늘 따라 물이 더 맑아 보인다

개미

개미가 지나간다
조금의 망설임도 없이
바삐 가고 있다
자신의 일을
충실히 하고 있는 까닭일까

일하지 않고 즐겁게 노는
다른 개미들을 보면
함께 놀고 싶은 생각도 들 텐데

혹시 노는 방법을 모르거나
노는 것조차 싫어하는
길들여진 노예근성이 있어설까
아니면 누군가의 칭찬을
기대하는 걸까

아니다 그렇게 보기엔
잠시의 휴식도 없이

먹이를 나르는 열성이 예사롭지 않다

일개미가 분명하다
그러나 그는 남모르는
여왕개미의 자부심을
갖고 있을 것이다

코스모스

언제부턴가 가을은
나를 설레게 한다
코스모스를 만나는
계절이기 때문이다

연한 보랏빛 코스모스는
화려하진 않지만
청초한 아름다움을 지니고 있다

부드럽게 한들거리면서도
쉽게 꺾이지 않는 코스모스

세차게 불어대는 바람에도
꺾이지 않고 살아있는 코스모스

강인함을 품은 부드러움
인생의 가을에 서 있는 나는
너를 닮고 싶다

이 경 숙

2013년 『한국현대시문학』 신인상 등단
죽전시문학회 회원
용인문인협회 회원

사월의 풍경

목련에 마음을 빼앗겼다

마른 나뭇가지에
말간 젖빛 몽우리 흔들거린다

햇살은 정답고
하늘 올려다보는
순한 눈빛
겹겹이 싸인 꽃잎 열어젖히고
숨 막히도록 화사한 불 밝힌다

하늘에 순백의 면사포 펼쳐 놓았다

목련의 칸타타*는 여기까지인가
찬란한 꽃송이
후드득 떨어뜨린다

가슴 한 켠에
서글픈 째즈 선율 흐른다

*칸타타 : 17세기 바로크시대의 독창 중창 합창으로 이루어진 성악곡

안산鞍山 자락길

초록길 휘돌아 온 바람
인왕산 나무초리* 흔들어놓고
가지마다 물을 끌어 올린다

꽃잎 흩날리던 날이 있기는 했을까
정갈한 데크 길가엔
키 높은 메타세콰이아
쉬다 말다 오는 비와
손을 잡는다

오월의 산책길
샛노란 꽃길
황매화 애기똥풀 시절이다

안산 자락길에서
내 마음은
한 줄의 시가 되어 퍼덕인다

*나무초리 : 나뭇가지의 가느다란 부분

썸 타기

마음을 빼앗기기도 했어
열정으로 태워보기도 했지
자작자작 타 버린 가슴
더는 흘릴 눈물이 없어
단 하나의 사랑은 서로 길들어져야 해
상처받을 용기가 하나도 없어

까딱
눈인사한 것이 화근이야
어색함 속에 묘하게 웃었지
갈피 못 잡고 고개를 돌려
눈 오는 풍경을 봤지
설레임이 스물스물 기어오르더군

아픔 없이 오는 게 무엇 하나 있던가
그저 썸 타는 게 좋겠어
더 가까워지는 것은 딱 질색이야
너보다 내 마음이 다치지 않게 막을 쳐야 해

문자도 전화도, 섭섭할 것도 아쉬울 것도 없어
가끔 눈 마주치면
싱끗
슬그머니 밀당을 즐기면 그뿐

뜨거운 태양 아래 쓸쓸함은
오롯이 너의 몫이지

빨간 구두 놓여 있다

추운 겨울 묵묵히 견뎌낸 산자락
촉촉하게 봄비에 젖고
이름 모를 밤새들 울어
문밖은
아직도 회색 바람이 서성인다

제 몸에
얼음꽃 매달고 살던 나뭇가지는
밀어 올린
분홍빛 꽃망울로 자욱하다

봉긋해진 몽오리마다
하얀 꽃잎 벌어지고
양지바른 언덕에
꽃그늘 길게 누워 봄에게 말을 건다

오지 않는 문자 기다리는 건
이제 그만

핸드폰 놓아버리고 돌아보니
뜰 아래 빨간 구두 오도카니 나를 본다

누가
향수병 던졌나
매화꽃 자지러지며 핀다

나비잠

솜털 보송보송 날리는
아기 새 한 마리
정갈한 데크길 위에 나비잠* 자네

곱게 뜬 실눈
가만히 감겨주었지

풀은 마르고
꽃은 시든다는 것을
어느새
눈치 챈 게지

*나비잠 : 갓난아기가 두 팔을 머리 위로 올리고 자는 잠

오오, 원더풀

너, 창밖 풍경 속에 오도카니 서 있어
엉킨 전깃줄에 시퍼런 응어리 매달고
검은 딱정이를 하나씩 잡아 뜯고 있네
마른 검불 쫓아 겅중거리다
맨발로 불판 위를 걷는 아픈 사랑
다시 그 시간으로 가고 싶지 않아

사납게 몰아치는 폭풍우 견뎌내고
현기증에 시달리는 열대야 날려버린 순간
상큼한 가을밤이
너를 기다리고 있는 것이 놀라워

이쯤 되면
달콤 쌉싸름한 커피를 마셔줘야 해

소나무 숲 사이로 초록 바람 불고
하늘 올려다보는 너
햇빛 속으로 타박타박 걸어가고 있어

오오, 원더풀
여전히 너는 빛날 거라 믿어

한 순간

아무래도 행복은
잠깐 사이에 지나가는
한 순간
찰나를 붙잡을 때가 행복이다

젖 빨기 힘들다고
우는 첫 딸내미 촉촉한 이마
무심히 보이는 앞산의 능선, 스키장 불빛
새벽을 여는 붉은 하늘
영혼의 발자국 찍힌 눈 쌓인 교회 앞마당
세상을 배달하는 조간신문 냄새
좋은 시 한 편 보내주는 친구의 카톡
가슴을 쓸어내리는 월남 쌀국수 한 그릇
유리창에 눈발 날려 난분분하고
보헤미안 랩소디 쾅쾅 울리면
불현듯 네 생각으로
깍깍 까마귀 우는 밤조차

내게

수없이 왔다 사라진

행복한 시간

그 한 순간으로 세상을 이겨낸다

눈맞춤

이제부터 시작이다

섬광처럼 반짝 내게로 온 너
가슴은 뛰고 볼 일이다
짙푸른 물결인가
하늘로 쭉 뻗어 올린 순백의 자작나무인가
꽃빛 실타래 뒤엉킴을 따라
네게로 간다 느리고도 낮게

눈빛은 맑고 고요해
흠뻑 빠져들어 간 떨리는 두 손
너의 어깨를 만지작거리며
들판 지나 높고 긴 다리를 건너
초록 숲 싱그러운 공기를 들이마신다

내 안에 흐르는 벅찬 파도를 어찌할거나
노을은 붉은 물결 속에 아른거리고
꽃은 풀숲에서 흔들리고 있는데

너를 가득 안고도 서럽다

나를 달뜨게 하는 밤이 셀 수 없이 지나
어쩌다 내게로 온
시詩와의 눈맞춤

옹알이 시작이다

바람아 불어라

주먹만 한 먼지라면 들어올 생각도 못 했겠지
마이크로미터 초미세먼지
막힘없이 숭숭 무사통과
앞산의 능선 위로 곧게 뻗은 아파트에 올라
희미한 햇빛 속에 버티며 머물고 있다
침묵의 살인자
미세먼지가 장악한 세상

낭만 가득한 안개 낀 풍경으로 보일 건 뭐람

빛나던 청춘을 들락날락
단장을 끊어내던
내 미세미세한 어린 치기들
폭풍 몰아치는 빗속을 지나고서야
온전히 정화되었다

대지를 뒤흔들고
검은 구름 휩쓸어 갈

세찬 바람아 불어라

아레카야자* 길다란 잎사귀
수염 틸란드시아** 흔들거리며
시원한 바람 넘쳐나리라

*아레카야자 : NASA가 발표한 공기정화식물 1위
**수염 틸란드시아 : 미세먼지 먹는 공기정화식물

어떤 랑데부

노랑나비 쫓아다니는
참새 한 마리
뱅글뱅글 돌다가
부리에 노랑 리본 꿰차고
빛의 속도로 솟아오른다

참새와 노랑나비

세상에서 가장 아픈
랑데부*

*랑데부 : 특정한 시간과 장소가 정해진 밀회.

이 선 혜

죽전시문학회 회원

그대로의 너

늘
그 자리에 있던 것인데

분명
보던 것인데

개나리, 벚꽃
흔하디 흔한 것이
흐드러지게 피었다

인생의 반이 지나서야
꽃이, 봄이 다가온다

살아보니
더 맵고
단내나는 것도 보이더라

무색으로 보였던 네가 이제 보인다
내가 너를 꽃으로 알아챌 때까지
흔하디 흔한 것으로 견뎌준 네가 고맙다

잠든 겨울

태양은 잠들어 버리고
어둠만 데리고 와서는

나뭇잎 버둥거리는 손을
끝내 떨쳐버린 겨울의 문턱

내 삶에
차갑게 끽끽거리는 소리가 많아
종착역인 줄 알았다

길고 긴 정거장 같은 인생

이제 한 정거장 닿았다

그런대로 봄은 다시 올 수 있을까

무심한 듯, 그래도 꽃

시멘트 벽
오르며 피는 꽃

추적추적 어두운 하늘이
눈부신 배경이 되지 못한 날에도
꽃이 된다

얽힌 덩굴로
바람의 계단을 만들어
하늘을 날고

천상의 해가 꽃으로 태어나
무심한 듯, 춤을 추는 능소화

아버지와 순댓국

가장의 무게
굽신거리는 어깨
욕지기나는 날
얼마나 많았을까

세상 이치와 시비를 따지며
합리를 내세우기엔
처자식이 눈에 밟히셨으리라

소낙비 같은 설움에
때때로 가슴 찢기어
뿌연 연기 속을
자북자북 걸으셨을 때 많았으리라

그런 날은
시는 일에 누린내가 나는지
비릿한 순댓국에
밥을 말으셨다

그리고
한술 밥에 인생을 담아
목구멍 속으로 밀어 넣으셨다

알고 있을까

찌르레기 우는
고즈넉한 밤

하얀 저고리
비녀 쪽 찐
정갈한 아낙네처럼

옅은 보랏빛 호접란
뉘시기에 그다지도 고울까

녹음이 무성한 계절
유리창으로 스미는 여름 햇살처럼
푸릇하게 웃고 있는 소녀들

파아란 꽃무늬 흩뜨리며
구김없이 펼쳐지는 하얀 부채처럼
해사하다

자신들은 알고 있을까
호접란보다 예쁜 소녀들

돌담에 총총히 솟아 하늘거리는 코스모스보다
눈부신 소녀들

김치통

사업 실패
쫓기듯 내려온
쪼그라들던 살림살이
친구는 마음을 담아 김치를 건넨다

말없이 건네 준 너의 정
김치가 목구멍을 지나 가슴에서 뜨겁다

빈 김치통에
잔멸치, 황태채를 가득 담아 화답했다

작은 거라며 안겨주는 나에게
그렇게 많은 물고기가 어찌 적으냐 한다

단지 김치 한 통이 오고간 것인데
사람으로 사는 것이
참 좋다

대상포진

눈물이
빙그르 돌아
얼굴 전체를 적셨다

붉은 고통은 형체를 바꿔가며
온몸에 끈적거리고

축복받은 몸뚱이에
춤추듯 칼이 돌아친다

어릴 적 붉었던 점이
인생의 정점에 터졌으니
이 고통은 본디 내 것이란 말인가

통증과
외로움으로 치닫는 밤

어두운 그림자 앞에
나의 몸부림은 허약하기만 하다

들풀이 일러준 이야기

버스 정류장 바닥 틈새로 솟아난
그 흔한 들풀

세찬 바람에 연약하기 그지없으나
은은한 하늘거림으로 시선을 머물게 한다

들풀이 바람결에
일러준 이야기

너의 생의 싹이
터무니없는 곳에
틔었을지라도
굴욕은 아닐지니

꽃은 아니지만
오로지 세상에
하나인 너

눈부신 햇살 차지하고
너답게 하늘거려라

장 엄 정

죽전시문학회 회원
육아 애愛세이 쓰기 작품집(공동저서)
공인중개사

몬세라트 수도원

푸른 바다색을 자랑하던 하늘은
마음의 무게만큼 잔뜩 무거웠다

몬세라트 수도원을 가기 위해 산악열차는
좁고 가파른 산길을 올라갔다

새색시가 얼굴을 가리듯 안개는
바위와 몬세라트 수도원을 감싸고 있었다

산타 마리아 광장으로 나오니
수줍던 안개가 바위산의 속살을 반쯤 보여줬다

위로 아래로 보고 있으니
기암절벽의 장관 앞에 힘없는 존재였구나

사라질 기억이지만 눈에 가득 담고
흩어질 산 냄새를 내 몸 깊숙한 곳으로 보냈다

몰래 내리는 비, 변덕 많은 바람,

사람 닮은 바위, 손짓하는 좁고 높은 길이

온전히 내려놓을 수 없는 여행자의 발길을 멈추게 했다

몬세라트 수도원 : 스페인 바르셀로나에서 38km 떨어진 곳에 위치.

꿈 마중

겨울 늦은 밤,
나는 독서실 공부 끝난 딸을 데리러 갔다
아버지가 야자* 끝난 나를 데리러 왔듯이

골목길 기다린 나에게 딸은 미소 지었고
버스정류장 기다린 아버지에게 나는 무표정

나란히 걸으며 눈을 맞췄던 딸
아버지 등을 보며 허공과 인사했던 나

운 좋은 딸의 하루, 피곤 잊게 했고
침묵했던 나의 하루, 위로를 쌓았네

긴 이별, 작별 인사 없이 떠나신 아버지
나의 목소리 기다리는 그곳으로 마중갑니다

*야자 : 방과 후 학교에 남아 공부하는 '야간 자율학습'의 준말.

시처럼 자유롭기

겁도 없이,
작은 꽃잎 하나를 보며 우주를 그려봅니다

꿀벌은 집요하게 찾아와
향기 없는 꽃망울도 찌릅니다

강물을 거꾸로 흐르게 하는 폭풍은
지나온 세월의 물걸음을 지우지만

남은 생, 그와 나는

'아무것도 바라지 않는다
아무것도 두렵지 않다
나는 자유다' *

그림자마저 산그늘에 숨는 날
바람의 향기로 다시 피어나
나는 시처럼 자유롭다

*니코스 카잔자키스의 묘비명

아버지

죽어가는 식물도 살리는 당신 손은
아내를 위한 감자수제비와 배추전
자식들에겐 생강, 땅콩, 무가 들어간 식혜
손녀들에겐 계란찜과 멸치국수를 만드셨고

산 정상 넘나들던 당신 발은
세월에 야위었어도
상추, 가지, 토마토가 기다리는
옥상을 매일 데려갔습니다

아무 준비 없던, 그날
마지막 숨소리 듣지 못해 울부짖다
처음 잡은 손을 놓기 싫어 꼭 잡고
함께 걷고 싶은 발을 하염없이 만지다가
작별 인사 들릴까 눈물범벅으로 기다리며
고운 비단 수의 입혀 드렸더니
자유로운 극락비단나비가 되어 훨훨

부디, 허락되신다면
다음 생엔, 당신의 어머니로 태어나겠습니다

때늦은, 상차림

하얀 거짓말 같은 이별 앞에
긴 여행에 지친 새처럼 숨이 쉬어지질 않았다

언젠가는 잊히겠지
아버지의 음성, 뒷모습, 냄새까지도

구부정한 허리로 어머니는
못다 운 울음을 안고
배추전, 부추전, 깻잎전과
즐겨 드신 돔베기를 구웠습니다

당신의 음식이 그리운 나는
못다 한 이야기를 삼키며
오징어, 연근, 고구마를 튀기고
처음 대접하는 나물을 삶았습니다

갑작스러운 작별의 시간을 걸었던 남동생
무거운 어깨로 퇴근했지만 꼬치구이 구웠던 올케

돌 지난 둘째를 보며 나물을 무쳤던 여동생

늦은 시간 멀리서 달려온 남편과 제부
잊지 않고 찾아온 아버지의 형제들과 조카들
함께 절을 했습니다

하늘과 땅 사이, 오직 당신을 위한 상차림
아버지의 그림자가 길을 만들어
맛있었다, 그러시고 가셨겠다

시로 잼을 만들다

덜 익은 시를 한아름 씻고
매끈한 껍질을 정성스레
잘게 썰어, 냄비에 한가득 담았다

불꽃 위 흐물흐물해진 시에
마법 가루 가득 붓고, 눈물씨름하며 휘저으니
눈물 담은 방울은 폭죽 되어 아프게 터졌다

걸쭉해진 시를 뜨거운 유리병에 담아두었다가
그대가 그리운 날이면 시 한 스푼 꺼내리라

작별

그대를 오늘 만난다면
마지막 인사를 해야지

만일,
그대를 만나지 못한다면
우리의 이별은 과거의 어느 순간에 멈춰 있겠다

먼 훗날,
미래의 어느 순간— 그와의 눈맞춤
마지막 작별이 되겠지

어쩌면,
난 혼자서 그대를 포옹하겠구나

사랑비

비가 비스듬히 내립니다

바람은
살짝 누운 걸 좋아합니다

그래야
우산 아래 당신에게 스며들지요

장 연 수

2008년 국제펜문학 등단
죽전시문학회 회원
시집《도시의 낮달》外
시화집《환한 그리움》외 다수

도대체 언제 바꾼 거야

침을 꼴깍 삼키는 여자
펄이 섞인 은회색 매니큐어를 집는다

칠이 벗겨진
지저분한 네일아트는 바꿔야 해

이왕 바꾼다면
입술에 바른 와인색과도 어울려야 하고

망설임 따윈 필요없어
너의 손톱에 달라붙은 사내
네 초이스는 탁월했어
당분간 유효할 테니 즐기라구

저 떨림을 봐
첫 만남처럼 그렇게 풋풋한 흥분을

크리스마스가 뭐지

백화점이 간드러진다
왔다 왔어
브랜드마다 대문을 열고 카펫을 깐다
하얀색 볼보에서 내린 하이에나 한 쌍
샤넬 미니 원피스에 정강이까지 쭉 올라온 부츠 컨셉이라니
이 겨울에
죽인다 죽여
심플하면서도 우아한 귀고리와 목걸이도 샤넬인 걸
저건 또 뭐지?
완전 클래식인데
검정 레이밴 선글라스를 걸친 수컷말야
샤넬 로고를 반짝이며 긴 꼬리치는 암컷을 향해
쇼윈도가 일제히 유혹의 레이저빔을 발사한다
천만원 족히 넘는 에르네스백 지피가 열리면 굉장할 거야
저것 봐
짐승 앞에서 구찌백들이 모조리 고개를 숙이고 있잖아
온다 온다 너도 얼른 고개 숙여 봐
프라다 여우기 냉큼 달려와 키스한다

메리 크리스마스

개 짖는 소리

뿡?
내 방귀소리에
우리 똘이 두 귀가 쫑긋
순간 미안해진 내가 살짝 윙크하는
그 정도의 찰나에
옆집 개가 짖더라구

근데 난리 났어
그 옆집의 옆집 개도 짖고
앞집도 그 뒷집 개도 짖는 거야

우리 똘이는 가만히 엎드려 있는데

하루종일
온 동네 개가 짖어대는데
어이없어

왜냐구?

글쎄 날더러 ddong 쌌다는 거야

이럴 수 있어?

개 새끼들…

무창포가 야단났네

여름이 무창포를 입질한다
젊음이 안달하는 등 푸른 파도
소금 쩍 허연 해풍과 둘이
맨송맨송한 해변에 묘한 기운 불어 넣는다

저녁 옷고름 풀리자
모래 위에 사람 꽃 피우고
알콜 몽롱해진 눈동자들이
무색 유리잔과 쇠젓가락 돌리며 샐샐 눈웃음 친다

언제부터 청주의 술박물관 깔고 앉았는지
조선시대 이화주梨花酒로 목구멍 열고
당나라 검남소춘劍南燒春 홀짝이더니
결국엔
그 흔한 카스맥주와 전주의 장군주將軍酒가
패를 갈라 오기 부린다

비틀비틀 영역 싸움은 5 대 5

부어라 마셔라 통금이 풀리고
무창포의 지갑은 꼭지 열어놓고 자빠진다

너도 돈, 나도 돈
게걸 게걸
여름이 무창포를 눈꼴 시게 즐긴다

경제공황

바깥이 시끄러운 날
신문 한 뭉치 털어넣고
빨래를 한다
세탁기 소리가 요란하다

동강난 차이나펀드가 발광하며 돌고
골다공증에 걸린 중소기업이 골골거리며 돈다

취준생 청년들이 눈 부릅뜨고 돌고
생활고로 생을 포기한 인생들이 돈다

그 틈새로 머리 허연 남편이 끼여서 돌아간다
찍소리 못하고 필사적으로 따라 돈다
나는 언제 처박혔는지 남편 넥타이를 잡고 돈다

구심점을 잃어버린 저 아까운 것들
모조리 물에 쓸려 돌다가 너덜너덜해져서
하나 둘 호스 구멍으로 빠져 나간다

마지막까지 붙들고 매달린 넥타이 줄에

덜커덩 세탁기가 멈추고

그 속에 목이 졸린 남편이

내 손 꼬옥 잡고

두 눈 껌벅이고 있다

아버지의 의자

뒤꼍에 처박힌 낡은 의자와 눈이 마주쳤다
순간
아버지의 뒷모습이 내 심장에 꽂힌다

새장에 갇힌 새처럼
사각 밀폐에서 퍼덕였던 세월들
숱한 약봉지로 아픔을 참아내며
클레임 걸린 오른쪽으로 절뚝거리시던 아버지
가끔 얼굴 마주하는 효심이
아버지의 행복인 줄 알았다

가슴에 창문 하나 없어 답답했던 호흡을
밤과 낮 무섭도록 견고한 침묵을
아버지 떠난 후에야 가슴 치는 어리석음이
부서진 의자 다리 틈새에서 거미줄로 흔들린다

다섯 평 남짓한 아버지의 삶을
왜 난 들여다보지 못했을까

이제야
아버지의 마른 숨결이 느껴지고
노을빛 창가에서 흔들리는 내 의자를 바라보며
외로움의 의미를 알게 되었다

막차

– 장항선

속도에 시간을 매달고
밤의 바닥을 달리는 사내

갈바람 서툰 세레나데 들으며
잠이 든 객차를 끌고 간다

일흔 일곱*
산허리 꽉 찬 어둠 속에서도 쪽 빠진 S선을 즐긴다
시커먼 열꽃 터트리며 빙그르르 꼬리 친다

그 기분 식기도 전에
저만치 구부정한 늙은 계집의 가랑이 사이로 들어간다
5초, 10초, 30초
진저리 치며 퀴퀴한 몸뚱이를 밟는다

산허리 등뼈까지 흔들리는 저 떨림을 지나
머리 내민 사내는 느끼하고 끈적하다
연신 콧구멍 벌렁거리며 몇 번이나 꿰엑 꿱꿱 헛기침한다

아직 어둠이 레일처럼 길다

별 시리우스**가 선로 위에서 반짝인다

*일혼 일곱(천안~장항선)은 어느덧 일혼 일곱이 되는 노선老線이
다/2008년
**시리우스별은 겨울철 하늘에 가장 밝게 빛나는 별

정 성 완

1945년 3월 26일생
(사)한국문인협회. 한국시인협회. 한국가톨릭문인회 회원
시집《능내가는 길》《형제시집》외 사화집. 문예지 등 다수
서예초대작가(명인미술대전. 한국문인화대전/서울 최우수. 한국추사서예대전/
경기 대상. 한국예술협회/대구 최우수/ 문학공간문학상 본상 수상 등)
보건학박사 전 가천대학교 교수. (사)한국당뇨협회 회장
E-mail : leonarv@hanmail.net

2014년 7월 18일 저녁

2013년 3월 13일[1)]
저녁 시스티나 예배당 굴뚝
비둘기 한 마리 날아간 뒤 하얀 연기가 피어오른다
祥瑞로운 미트라[2)]를 토해 낸 것이다
안도의 환호소리 들리는 밤이다
하늘에는 영광

2014년 7월 18일[3)]
'아 맛있겠다
가져가서 집사람이랑 아이들하고 같이 먹을래요'
우리 집 저녁 식탁에
하얀 사랑이 반찬으로 놓인다

회로 안으로 뜨거운 직류가 흐른다
아날로그적인 나의 감성에
종횡으로 사랑이 교차하는 전율 사이로
땀방울이 팽이버섯처럼 돋아난다
사랑의 숨소리 토해내는 밤이다

땅에는 평화

1) 콘클라베(교황을 선출하는 추기경단 회의)가 개최되는 날. 이날
   프란체스코 교황이 선출되었다.
2) 미트라(Mitra) 혹은 파팔티아라(Papal tiara : 主教冠 또는 教皇冠)
3) 초복날

고향

낡은 배낭에
막걸리 한 병 넣고 산을 오른다
팔부능선 쯤에서
막걸리 한 잔 들고 뒤를 돌아본다
산 넘어 멀리
아스라이 흰 구름 떠가는 곳
마음속 하늘 한 폭 내려앉는다

눈을 감는다
눈을 뜬다

그 이유

나는 나에게 지면서 살아온

그 이유를 알았다

나에게 짐으로써 얻어지는

짜릿한 희열을 잊지 못하기 때문이다

*시인노트
내안에는 眞我와 非我, 名分과 實利가 물레방아처럼 돌아간다.
때로는 이들 중 하나가 이기고 지고를 거듭하며 소용돌이치고 있
다.
나는 怒와 哀를 싫어한다. 나의 속물근성은 소름끼치도록 짜릿한
喜樂을 더 좋아한다.
나는 인간이다.

남호구택 · 1

"이곳은 훗날을 빛낼 가문과 나라를 구할 위인이 나올 곳이다.
산수를 수려하게 다듬어 세상으로 정중히 보내도록 하라!"
용왕의 장엄한 호령이다.

물때가 좋은 날 바다를 가른다
구름을 쓸어 하늘을 열고
밝은 날에 바래미를 둥실 띄우다
뜰 가득 바다가 출렁이고
파도에 밀려온
조약돌 금모래 은모래
낮에는 금빛으로
향훈香薰 가득한 고택을 비추고
밤에는 별빛 되어
전설 꽃 해저리를 수놓는다

풍전등화의 나라 구할 귀인 있으니
팔오헌 대 이은 농산, 남호, 심산
웅방산이 품어 안은 균제미 그윽한 ㅁ자 구택¹⁾에

반짝이는 밀약[2] 새기며

청량 왕우물 한 사발로 조갈 삼키며

밤새 나라 걱정 잠 이루지 못하였네

오호라

바다가 모르 리 땅이 모르겠는가

어찌 하늘의 감동 없으리오

오늘 이 나라 있음에

1) 1876년(조선 고종 13)에 의성 김문의 농산聾産 김난영이 건립하
   고 그 아들 남호南湖 김뇌식이 살던 봉화 해저리에 있는 고택으
   로 경상북도문화재 자료 제385호다.
2) 心山 김창숙 등 독립운동가들이 머리를 맞대고 파리 만국평화회
   의 참석과 군자금 모금 및 독립운동을 숙의하다.

독도

어딜 봐
이리 보라니까

제비꽃

긴 목 쭉 빼고
옆 눈길로 사랑을 속삭이는
보랏빛 입술 소녀야
그대는 어이하여 꽃 기린이 되었는가
마음은 연보라
입술은 진보라
혀는 안으로 숨어 있으니
깊은 입맞춤하기 어렵구나

디젠테이

멀고도 외로운 길
안개 자욱한 꿈속에서 아른거리는 목표 곳을 향해
동서로 잇는 황산강[1]의 긴 다리를 건너다
다리는 가없이 흔들거리고
중간 중간 부서진 이빨사이로 짙푸른 파도가
나를 삼킬 듯 솟구친다 오싹한 순간들이 지나간다

실체도 없는 어떤 이가
디젠테이는 저쪽이라고 아래턱을 삐죽이 들어 보인다
운무에 싸여 이어졌다 사라짐이 반복되는 길이다
가다가는 되돌리는 무수한 시행착오가 거듭되고
피투성이가 되어 쓰러졌다 일어난다
인식의 상실이 순간순간 고개를 들고
불안과 고통, 시도의 연속이다

바람 따라 구름은 흘러 길목에는 간혹 꽃비가 내리고
보리밭에는 한 줄기에 겹겹이 이삭이 달리고
싱그러운 계절이 한 동안 계속된다

수 종다리는 신비한 음향을 뿌리며 하늘을 날고
암컷은 비노리가 듬성한 자갈밭에서 포근히 알을 품고 있다
푸른 소들이 연초록 풀잎을 뜯고 난새가 날고
울타리 너머로 박꽃이 하얀 얼굴을 드러내며
겨울에도 복사꽃, 오얏꽃이 활짝 피는 곳[2]

바람을 뚫고 수십 년 후에 도착할지도 모르는
무한평원을 향해
나의 기차는 꿈속에서 날마다 새롭게 달리고 있다

아— 멀고 먼 디젠테이[3]
하얀 몰개의 이데아

1) 황산강 : 낙동강 하류를 흐르는 옛 강이름(삼국사기).
2) 삼국유사의 관련표현 일부를 패러디함.
3) 디젠테이 : 신조어, 영원으로 가는 꿈속의 이상향. 여기서는 순
   천을 이야기 함.

아! 숭례문

죽어야 할 사람이 죽지 않고
육백 년의 역사를 도적질하고
설 연휴 마지막 날 밤 국보 제1호 숭례문을 요리해 먹고
그 칼로 온 국민의 가슴을 헤집고 난도질했다

토지보상 불만 왼쪽 머리통 혹부리 영감 彩는
양녕대군을 패대기치고
터부열매를 훔쳐 먹고
47,041,434-1개의 억장을 무너뜨리고 홍수를 냈다
인간이 무섭다
임진왜란보다
병자호란보다
6.25보다 미친 사람이 더 무섭다

숭례문이 찌글찌글 불에 탔다
근육이 오그라들고
팔만사천 뼈마디가 무참히 조각나 버렸다
한양으로 들어가는 문이 없어졌다

역사를 보는 눈이 없어졌다
다시 길을 내더라도 그저 길일 뿐이요 문일 뿐이다
한 번 멀어진 눈은 돌아오지 않는다.

사지가 멀쩡한 우리가 정말 이럴 수는 없다*
으스러진 처절한 잔해를 보고
국화꽃을 보고
숯덩이가 된 마음을 보고 뭘 좀 생각해 보자

영원할 숭례문이
1398년도 1447년도
2008년에 또 고혼이 되어 버렸구나
아! 숭례문

*황명걸 시인의 〈이럴 수가 없다〉에서

황소의 꿈 그리워라

- 시문을 생각한다

그는 큰 사업을 오래 했다. 나이는 들었었지만
또 다른 일에 열심히 땀을 흘렸다.
그의 아내에게 '매월 일백만 원씩을 주겠다' 는
마음의 꽃을 피우고 있었다.

단단하던 뿌리 덩굴에 감기어 추락한 것이다
사랑해…! 한 마디 잉걸불 가슴에 안고
그는 육신을 벗고 허공으로 들어갔다

"나, 곧 일백만 송이 꽃을 그대에게 줄 거야"
세상길 주춤거리며 키워가던 아름다운 꿈
하늘 푸른 꽃밭 걸으며
초록 꽃대 하나 길게 밀어 올리소서
기회는 세상에만 있는 것이 아니잖아요
삶은 존재로서 끝나는 것이 아니잖아요

황소의 꿈 가슴으로 그리워라

그는 나그네 세상을 떠났다

술 취해 같이 노래하던 도요새[1]를 버리고

슬퍼하던 문상 비둘기들도,

너의 열정으로 아름다이 등불을 밝힐 수 있다고

흔들거리며 지저귀던 홍관조와 나뭇가지들

멋진 날들이 될 것이라고 까불대던 언치 새의 노래를 들으며

비운의 숲에 작별을 고하고

그는 울먹임을 삼키며 해지는 공간으로 떠나갔다

평소에 일으키던 바람만이 그림자를 따랐다

노을이 한바탕 붉게 울먹인다

2019년 1월 세상은 캄캄했지만

조각배 떠난 후에 동백꽃이 활짝 피었다[2]

1) 젊던 시절 시몬이 시인과 자주 술을 마시며 놀던 때 "누구든지
   먼저 가면 마누라를 책임지기다" 라는 말을 서로 하곤 했다. 마
   음이 아프다.
2) 동백꽃의 꽃말 '그대를 사랑한다.'

시 한 편 엮다

시전詩殿에 시작기도를 바쳤다
모퉁이의 버려진 돌들 모아
반듯하게 주춧돌을 놓고

가지를 치고 결을 고른 서까래를 걸치고
나뭇가지와 짚을 촘촘히 엮어
그 위에 흙과 풀을 으깨어 빈틈없이 바른다

벽을 쌓고 구들을 깐다
따뜻한 입김도 불어 넣다
무릎을 꿇고 마침기도를 드린다

어디서 들려오는 한 마디
"헐고 다시 지어라"

한 지 혜

가을

그리움 그리움으로 예까지 왔습니다
가을 햇빛
창가에 비치고
국화향기 너를 찾아 떠날 때
따스한 가을빛 한줌의 갈대를 꺾는다
가을에 그리움은
빈 항아리에 국화꽃 갈대 한줌 꽂아놓고
너를 담아본다

나에게 온 고양이

아무도 모르는
바람 불고, 비가 오는 축축한 어느 날
담장 밑에 쪼그리고 상처의 고통을 외면한 채
어둠을 찾던 길고양이

양이는 그렇게 나에게 왔다
사랑스런 눈동자에 아주 작은 얼굴
수염은 귀엽게 자라있고
봄바람처럼 부드러운 너의 털은
따사로운 햇살에 금빛 모래처럼 빛이 나는구나

가끔은, 우울한 너의 몸짓은
야옹야옹하며 동그란 원을 그린다
하나의 사랑을 그린다
나, 너에게 다가가 다정하게 쓰다듬을 때, 나의 손을 할퀴는
너의 예민한 두려움과 낯설음은 무엇일까

손잡을 수 없는 먼 곳의 너

노을

슬픔이 보이는 붉은 하늘가
가을바람 소리 없이 흔들릴 때
울 수도 없는 눈물이 보인다
빨갛고 노오란 빛 속에서
머―언 옛일이 생각나고
그 따뜻했던 영혼이
그 쓸쓸했던 나의 그림자가
이름 모를 풀꽃에 앉아
핏빛으로 가만히 전해 주는
저녁노을이여…

가을공원에서

아름다운 가을이 흔들리는구나
하나의 사랑이 추억이 그리움이
긴 침묵을 지키며 낙엽 떨어지듯
그렇게 내 곁을 지나칩니다

살아가는 동안
내 곁을 지켜줄 것만 같았던 기쁨의 시간들이
이렇게 외로움에 심장을 멎게 하고 무엇에 홀린 듯
이리저리 갈길 몰라 헤매입니다
가을바람이 지나간 저기 저 갈 위에 나를 닮은 잎새여
한 손에 집어들고
가을을 지나갑니다

거미줄

가을잎 떨어진 한적한 버스정류장
그냥 스치고 지나칠 구석진 곳에
거미줄 가늘게 그려져 있다

반복되는 무늬 속에
끊어질 듯 이어지는 줄
살얼음 걷는 심정으로
그 거미줄 바라본다

비바람 속 끝끝내 견디어온
짧은 선들의 만남
군군이 버티어 나에게 보여주는가

그 공간 어디쯤에
외로움 이어줄 내 마음 걸려 있다
거미줄 힘주어 바라본다
꼼꼼하고 세심하게 엮여진
내 마음 속 거미줄 그린다

늦가을 해바라기

사랑이 식어가는 11월의 끝
여름날 타는 노을 같던 해바라기는
늦가을 벌판에 고개를 떨구고 있다

검푸른 잎사귀 날갯짓소리
소용돌이처럼 맴돌며
단단히 박혀 있던 까만 씨
내 마음에 쏟아져 내린다

무덥던 지난 여름
노란 꽃 타오르더니
화려했던 그날은 지고
고개 숙여 울고 있는 해바라기

속으로 익어내는 지난날의 아픔을
감추고 있었다

성숙한 가을의 끝이고 싶다

세월

낙엽 떨어지는 늦가을
노란 꽃잎 같기도 한 오후
나는 그 속에서 꿈꾸듯이 일어나
햇살 앞에 얼굴이 수줍게 웃는다

창가에 나뭇잎 쌓이고 저무는 저녁
무언가 덤벼오는 것 같은 그림자 속
억누른 가슴은 생각에 잠기고
나의 상처는 아물지 않았는데
세월이 힘들어서 절룩거리는데
빠른 걸음 재촉하는 마음이 급하다

쌓인 낙엽 밟으며
돌고 돌아서
한 장의 달력을 걸어둔다

시에 대하여 감격하게 하고 시가 끼치는 인생의 풍요로움을 알도록 이끌어주신 김태호 선생님께 감사드립니다. 시를 쓰는 데 있어 조언과 격려를 아끼지 않으신 죽전시문학회 여러 시인님들께도 감사드립니다.

제가 설레며 만났던 시를, 더 많은 사람이 만날 수 있도록 시 쓰기에 정진하도록 하겠습니다.(이선혜)

2018년 겨울, 수줍게 인사를 드렸던 순간이 떠오릅니다. 처음 에세이를 쓰다가 시가 마음을 울려 죽전시문학회 문을 두드렸습니다.

그 사이 가족들에게도 고마운 마음 가득합니다. 아마도 시 쓰는 아내, 엄마의 자리를 가족들이 눈빛으로 응원하지 않았다면 두 배로 고독했을 길입니다. 가족들 덕분에 멈추지 않고 걸어왔습니다.

세상을 보는 시를 쓰기 위해 길에서 넘어져도 손 내밀어 주실 죽전시문학회 김태호 지도 선생님과 시인선생님들이 함께 계셔서 행복합니다.(장엄정)

재촉하던 걸음 쉬어가고 싶다. 아니, 다락방에 꼭꼭 숨고 싶다. 허나, 스스로 걸어 나온다. 내가 가는 이 길이 가시넝쿨보다 꽃길이기에… 김태호 선생님 감사드립니다! 죽전시문학회 시인님들 사랑합니다! 은방울(손정숙)

무슨 이유가 있어서 세상에 태어났는데 그것이 무엇인지 정확히 모르겠습니다.

하지만 그것은 온 세상을 변하게 할 것입니다. 앞으로 제가 하는 일 때문에 세상은 저를 알게 될 거예요. 저는 속 깊이 숨어 있습니다. 그 숨은 이야기는 낯설기도 하지만 대단히 흥미로울 거예요. 저를 알게 되면 세상은 더 아름답고 사랑이 넘치는 좋은 곳이 될 거라는 걸 알아요. 우리 친하게 지내요.

저는 시입니다.(정성완)

죽전시문학에 첫 발 드리우고 시상·시어들이 긴장감으로 가슴 조일 때가 많았지만 조금씩 새싹은 자라나고 몇 회째 동인지를 접하니 감사합니다라는 인사를 모두에게 드리고 싶습니다.(꿀조새)

나는 오늘도 시를 쓴다
시를 쓰면서 나를 본다
너와 우리 그리고 우주를 본다
그래서 마음으로 쓴다
내일도… 부지런히 쓴다
나는 시인이다 (연수)

죽전詩문학

·

지은이 / 죽전시문학회 편
발행인 / 김영란
발행처 / **한누리미디어**
디자인 / 지선숙

08303, 서울시 구로구 구로중앙로18길 40, 2층(구로동)
전화 / (02)379-4514, 379-4519
Fax / (02)379-4516
E-mail/hannury2003@hanmail.net

·

신고번호 / 제 25100-2016-000025호
신고연월일 / 2016. 4. 11
등록일 / 1993. 11. 4

·

초판발행일 / 2020년 1월 20일

·

·

값 12,000원

·

·

ISBN 978-89-7969-815-2 03810